KB275276

김용원_ 제 2시집

그대! 날개 를 보고 싶다

도서
출판 시인

　겨울을 맞은 아버님은 산허리가 꺾이도록 산천을 누비신다. 하루가 지나고 어머님은 가족들의 외출을 알리신다. 야산 아래 묵정밭. 크고 작은 빨간 고추가 옹기종기 매달려 따듯한 햇볕을 피해 숨어서 하루를 난다.

　내가 태어나기도 전. 아버님은 흙벽돌로 산 아래어 집을 짓고, 스르르 열리는 새벽부터 저녁까지 하루도 허리를 편히 펴지 못하셨다. 돌산 하나를 몇 년 동안이나 조각조각 다듬어서 밤이면 하얀 꽃이 아름다운 메밀도 심으셨다. 그 메밀꽃이 피면 밤에도 일할 수 있다고 하셨다.

　달빛과 메밀꽃 빛 아래서 아버님의 손을 떠난 돌들은 그림자도 남기지 못하고 지금은 또 하나의 돌산이 되었다.

　손가락 마디마디 부르튼 여름날. 몇 개월이나 물 한 모금 먹지 못한 논바닥처럼 갈라진 손바닥으로 타는 시간, 그 자리에 메밀꽃보다도 더 예쁜 우리도 심으셨다. 아름다운 꽃, 영혼의 씨앗들~~~.

　염소들의 가출은 대단한 화제가 되었다. 율림리 마을의 이장을 비롯한 주민이 반경 10리의 산과 들을 이 잡듯이 뒤졌는데도 행방이 묘했다. 누군가가 의도적으로 잡아간 거라고 했다. 10여 년 동안 이런 일은 단 한 번도 없었는데 참으로 이상한 일이었다.

　면장님도 방문해서 아버님을 위로했다.

　가난한 살림보다 가난한 마음을 위로하며 사시던 아버님. 언제부턴가 한 쌍의 흑염소를 키우셨다. 꼬박 일주일. 남의 집 일을 하시고 품삯 대신 받아온 터라 더욱 애지중지하면서 키우셨다. 흑염소는 아버님 마음을 알았던지 하나 둘 가족을 불리더니, 어느 틈에 산자락마다 이웃을 만들면서 마을을 만들었다.

요즘은 한 마리 두 마리 남들에게 분양도 하면서 귀한 쌈짓돈도 아버님께 챙겨주던 자식 같은 놈들이었는데, 그 소중한 놈들이 비가 억수로 쏟아지던 날. 아버지와 어머니가 동네 행사 차 잠시 집을 비운 그 사이에 사라져 버린 것이다. 저녁참에 밥을 주려던 아버님은 하늘이 무너지는 줄 알았단다. 아무리 불러도 염소의 기척은 없었다. 동동 발걸음으로 이산 저산을 찾아보았지만, 메아리로 들려오는 건 아버님의 큰 한숨 소리뿐이다.

다음날도 이산 저산 이성을 잃고 성난 사자처럼 찾아 헤맸다. 그 다음 날, 또 그 다음 날에도 반복적으로 염소를 찾으러 다니셨다고 했다.

몇 날을 아무런 성과도 없이 보내신 아버님은 그만 병이 나셨다는 것이다. 식사도 안 하시고 애매한 담배만 태우시다 피곤으로 쓰러지시니 일이 손에 잡힐 리 없었다.

아버님 건강이 문제가 될 것 같아 내가 시골을 다녀오기로 했다. 이미 염소는 많은 사람의 걱정을 저버리고 있었다. 황진이를 연모하던 총각이 상사병에 걸린 것처럼 염소의 가출은 아버님을 상사병보다 더하게 가슴을 태우기 때문이다.

"아버님! 제가 다시 사 드릴게요. 다시 키워보셔요."

"그래, 고맙다!"

아버님은 그냥 흐르는 물처럼 건성으로 대답하셨다.

그런데 고추밭으로 시커먼 것들이 움직이는 것을 아버님은 보셨다. 새까만 소리로 아버님을 부르고 야단법석이었다.

10마리 정도는 잊어버렸지만, 댓 마리는 다시 돌아온 것이다. 아버님은 1마리라도 돌아오길 기다리고 계셨던 것이다. 한 마리도 없던 염소 식구들 때문에 며칠을 사모곡으로 사신 아버님이다. 시골의 아름다운 믿음이 사라진 일이었다. 비 오는 날을 골라 훔친 것은 분명 아는 사람의 소행이란다. 범죄예방 카메라 한 대도 설치되어 있지 않은 너무나 한적한 시골이기 때문이다.

"완전범죄!"

제발! 농촌 사람의 마음만은 빼앗지 마셔요.

도시생활이 어렵다 하지만 지금 농촌생활은 더욱 말이 아닙니다. 언젠가 우리가 돌아가야 할 땅, 맑은 농부의 마음을 태풍처럼 마구 흔들지 마셔요.

추곡수매가는 떨어지고, 물가는 점점 올라가고, 일할 사람 구하기도 어렵고, 하지만 우리의 본향, 나그네들에게는 안식처이며 휴식처가 되어야 할 농촌입니다. 검게 탄 얼굴로 농촌에 살지만, 아버님의 행복에 겨워하는 지금, 이 모습이 아주 좋습니다. 어린아이처럼 단순한 이 행복함을 우리는 모르고 삽니다.

늦가을 저녁 바람이 낮게 붑니다.

돌아온 고마운 염소가족에 눈인사를 하고 뒤돌아서니 붉게 타는 노을이 가슴으로 가득한 희망으로 번집니다.

2013년 3월 김용원

Photo by 장호수

아주 멀리 날아보려 해도 자꾸만, 자꾸만 발버둥 치는 어항 속 금붕어 같아, 그래서

난 슬퍼.

'그대! 날개를 보고싶다' 중에서

차례

시인의 말

1부_ 삶의 수레바퀴

3부_ 그대! 날개를 보고 싶다

Photo by 장호수

마지막 불씨 같던 저녁노을도 숯이 되어
나의 곁에서 떠나가고
숨 쉬고 있는 나만을 발견할 수 있을 뿐….

'삶의 수레바퀴' 중에서

김장김치

허름한 외투
까칠까칠한 수염
노숙자처럼 몇 개월 목욕도 않고
젖은 입술에 립스틱 뜨문뜨문 바르고
손을 묶은 세월도 풀면
항아리 속
숙성의 삶이 기지개 켠다
빨갛게 익어
노을 같은 모습이
바닷속처럼 침묵할 때까지
은근히 젖는 영혼
오늘도
대한민국의 힘, 그를 먹는다.

허수아비 계절 · 1

가을이 여름 행세 한다
서낭당 노송 치맛자락 펄럭이고
살금살금
주워 입은 옷
검은 바람의 장난에 벗겨지고
부끄러워 구름을 휘감는다

한 몸
열 손가락
얻고 싶은 농촌 하늘에
한 방울
한 방울
태양이 부서지고
별들이 이사한다

어머님은 쌓인 가슴, 하늘에 풀고
괭이 차고
산안개 품으신다

비는 사기꾼처럼
온종일 서성이고
저녁 녘
비안개는 구름 되어 승천하고
어머님 등에 선
둥글레 한 자루 떨어진다.

허수아비 계절 · 2

4월
비 오고 눈 온다는 일기에
봄은 아직 겨울잠을 잔다

앙상한 가지에 눈꽃이 핀다
잠시 바람에 떨고 있는
봄에게
그리운 마음에
냅다
헛기침을 한다.

고 백

세월이 흘러가네
바다까지 흘러야 하는데
가까스로
시냇가를 건너네

모난 놈 둥글게
둥근 놈 부셔서
내 육신 챙기며
넓다고 생각한 강에 도착하니
변두리에서
살살거리는 황사에 눌려
떨리는 외로움
툭 툭 퍼지네

소리 없이 꽃 피우던 욕망이
벚꽃 봉오리처럼
암울한 철장 속에서
까칠한 수염만 키우네.

하늘이 알아줄 사랑

새벽

나의 고민만큼 눈이 내린다

세상의 고민을 하얗게 덮어 버리면

나의 고민도 사라질까

떨어지는 눈송이 속에 고뇌를 밀어버리고

고민을 눈송이 크기만큼 꺼내서 버려도

아침이면 눈 쌓인 아름다움만큼

나의 가슴은 고민으로 가득 쌓이겠지

따뜻한 낮술에 스르르 녹아 버리면

나의 고민 잠시 풀리다

처마 밑 고드름처럼 쫑쫑히 쌓이겠지

처마 끝 쳐다보는

아내는 금방이라도 쨍쨍 쬐는

해가 들기를

만해(滿海)

기다리겠지.

머리 · 1

시린 가슴은 언제나 녹아내릴까?
얼음 밑에서도 쉼 없이 흐르는 개울의 소리가 언제나
행방 묘한 나의 그림자를 불러 세웁니다
저수지 얼음은 깊이를 알 수 없을 만큼의 문을 걸어 놓고
쩌 엉하면서 고함칩니다
깨끗한 얼굴에 여드름 빼내고 깊이깊이 심장까지
내려가 내장 몇 개를 꺼내 초장에 휘휘 저어 팔딱거리는
놈을 쐐주 한잔에 털어 넣고 포효하는 그리움을 삼킵니다
언덕 위에 빠지는 해는 걸려 움직이지 못하고
몇 놈의 내장으로 하루를 잊어 봅니다
아장이는 햇살은 꼬마처럼 엄마 품으로 떠나고
모닥불 몇 자락으로 한기를 잠시나마 풀어 버리고 땅에도
나무에도 친구에게도 이별해야 합니다
땅거미 한가족 되어 함께 할 때, 우리는 이별을 해야 합니다
그리운 고향은 어둠처럼 사라져 아침이면
태양처럼 보고 싶어집니다.

삶의 수레바퀴

오열하는 날은 칸칸이 부서져
어둠은 조용히 스며들고
공사장 저편에도
높이 솟은 아파트 단지 구석에도
조용히 뜨거웠던 하루를 고개 숙여 떠나간다

마지막 불씨 같던 저녁노을도 숯이 되어
나의 곁에서 떠나가고
숨 쉬고 있는 나만을 발견할 수 있을 뿐

매연과 소음으로 찌그러진 깡통 같은
살 좋은 흙 속의 굼벵이처럼 꿈틀거렸던 욕망이여
떨어진 어깨 아래로 잔잔히 미소 짓는 얼굴이여
뛰고 외쳐도 무능한 하루여

공장의 하루는 온통 매연과 소음으로 가득했어도
어둠만은 멈추지 않고
우리에게 다가온다.

안개꽃 사랑

꾀꼬리보다 아름다운 목소리를 들려주오
당신이 여기 있다고
아름다운 모습으로 나를 찾아주오
화려하지 않아도 당신을 찾을 수가 있다오
장미꽃보다 화려한 모습보다
백합 같은 웃음으로 나를 반겨주오
많은 시간 방황과 나의 길을 찾지 못하는
나의 마음을 포근히 안아주세요

우리 나보다 당신을 위해 춤추는 안개꽃 사랑을 배워요

돌부리 같은 말에 실망을 느낄지라도
멀어지지 마오
토라지지 마오

나보다 더 넓은 마음으로 내일을 꿈꾸어요
우리 진실보다 앞서는 위선을
가까이하지 말고 앞만 보며 살아요

말없이 시간이 흐를 때
그대의 두 눈에 촉촉이 젖어드는 이슬에서
내 사랑을 배워요.

이별

하얀 종이 위에 지울 수 있는 그런 사랑을
말하는 그런 당신은 누구십니까?
나를 말하고 나를 대할 수 있는 당신은 또 누구십니까?

슬퍼지려는 세상의 눈부신 햇빛촌도
당신은 보셨습니까, 나의 진실을 그리고
우리들의 건설된 삶을…

시인보다도 더 성숙한 인생을 살아가리라는
생각도 언제부터인가는 달라지리라는 것을
알고 있을 당신을 사모하고
당신의 푸른 삶을 기억하겠어요

비둘기 날아오르던 그때 모습 보이던
그곳에서 당신은 수많은 고민과 고뇌 가득한 얼굴로
나에게 차마 떠나가라는 말 대신에

앞으로 못 만날 것 같다며 돌아서 흐느끼셨지요

두 눈 가득히 송글송글 맺히던 눈물은
차디찬 이슬이 되었고
시들어 가야 하는 생명력을 잃어버린 샘물 같았지요

지금도 당신을 찾아 떠도는 게시판 속의
입맞춤을 못 느끼셨습니까?

열망

혼자인 것보다 더 진한 외로움을 느껴지는 순간
가을에 대한 열망이 가득하나
조그마한 나의 가슴의 가뭄은 너무도 크다
터져만 가는 가슴을 안고
외쳐야 하는 우리 노동자의 나날이여
균등한 생활을 마련해 줄 수 있을 텐데
시장의 물가 오름에 가슴 조여야 하는 똑같은 당신의 동포여

당신의 얼굴은
500원 하는 콩나물에 대한 반응이 너무도 당혹했지만
또한 당신의 얼굴은
그저 평범한 채 성큼 내면서
유유히 빠져나가는 두 얼굴
모두 당신들이 만들어 낸
이 나라의 얼굴입니다

가을이 오면 나에게도 소망이 있다오
푸른 채소 가득한 시장에서 함박웃음 짓고

시장바구니네 가을에 대한 흥얼거리는
서민의 향수를 보여 주시기를
찌든 삶보다는 작고 가난하지만, 여유 있는 자세가
우리에게도 힘찬 전진의 하루가 되지 않겠어요

잡아주세요, 물가 안정과 우리들의 행복한 삶을 조금이라도
도와주시기를 너무도 큰 기다림으로 향합니다.

전철

우리나라는 동방예의지국이 아니다
강산이 변할 만큼 살다가
떠난 곳….
3년이란 세월 속에
이끼는 사라지고
수다 떠는 개구리들로 가득하다.

열나는 일

열나는 일이 생겼습니다
달포를 근무한 직장에서 장기 근무할 이, 아니라고 정리한답니다
모든 책임은 힘없는 내가 지라 합니다
시름시름 돌던 피가 역류하는 듯 합니다.

차 병원에 가다

차가 피곤해서 차 병원에 왔다
영양제도 주사하고
보약도 한잔 걸쭉하게 먹이고
·
·
·
행복하겠지

그럼 우리 피서라도 떠날까?

앵
시골 어머님 태풍 오는 소리가 매미처럼 들려온다
10년을 키워온 흑염소 가족을 비와 함께
바람처럼 사라졌다는 소식이 긴급 출동하는 레커 소리처럼 들
려온다
온 동네 산이란 산은 다 돌아보았지만, 흔적도 없이 사라진
눈 까만 새끼들이 금방이라도
가슴으로 뛰어들 것 같다 하신다

식음을 전폐하셨다는 아버님 소식이 찬바람처럼
얼굴을 비빈다
그냥 한소리로
"아버님 주말에 갈게요, 그리고 제가 다시 사 드릴게요."
상심은 시골을 넘어
수원 우리 가족들에게로 닿는다
"세상에 참 나쁜 놈 많아!"
정말 시골 어른들의 담 넘는 노여움을 소리는 잊고 싶다.

밥 짓는 소리

비 오는 날
자동차 여행같이 하고 싶은 여자
타박타박
소리 내어 달려드는 빗줄기 맞으며
함께 달리고 싶은 여자
와락 달려드는 뜨거운 눈물 같은 여자

노래방에서 서비스 시간까지 소진하면서
도란도란 옛이야기 들려주는 여자
한 곡의 노래보다
맑은 마음을 보여 주는 꽃 같은 여자

지금은 아마 박박 거리며
밥 짓는 소리를 내는 밥솥 같은 여자
그 밥솥 속에는 얼마나 맛있는 밥들이
가득히 채워져
추석날 하얗게 벌어진 밤송이처럼
벌어져 있을까.

추석

고향으로 달리는 새벽부터
서성이던 비는
고향에까지
따라와서 반긴다

새벽이라기보다
아침에 가까운 시간에
못다 핀 꿈을 어루만지면서
맞이하시는 당신의 얼굴에서는
들리지 않는 아우성에 뭉개져
자꾸만
희망이 쓰러진다

고단으로 시작되는 농촌 하늘에
양철지붕 위로 살며시 내려앉는 추석손님
그래도 추석은 집에서 진을 친다
고소한 냄새는 벌써 사립문을 타고

온 동리로 퍼져 행진한다
형님, 친구, 후배들
동네는 점점 아군으로 채워지고
추석은 승리의 깃발을 펄럭인다.

그 투정까지 사랑할 거야

이른 아침이면
어제 면접 본 인원 채용으로
시노펙스 간다
모두 반갑게 인사하고
휴게실에서 대기하던 신입사원들을 인솔한다
4층 교육실까지 올라가려면
5층 거리보다 더 멀다
그래도 자주 가보는 곳이라 즐거운 마음으로 오른다
산이다
층층 계단에는 좋은 말들이 주렁주렁 열려 있어서 좋다
내가 인생에 대한 부정보다 긍정을 가지게 하여 준다
매일 아침에 올라가면 운동도 하고 나 자신도 정신에 도움을
가질 수 있겠다는 생각을 한다
지금 근무 중인 사원들도 그렇게 생각할까?
신입사원들은 힘들어서
한 번씩 투정으로 아침을 나르지만

그래도 좋다

그 투정까지 나는 좋다

힘든 산을 올라왔다가 교육이 끝나고

1층

2층

3층

부서 배정을 받으며 내려가는 아름다운 시간을

조금 후면

나보다 더 행복감을 느낄 수 있기에.

* 시노펙스 – 수원에 위치한 기업명

마지막 생의 그리움 하나

가을비가 잠자는 사이에 스르르
낙엽소리처럼
엽서 한통 보내고 왔다
여명이 허리를 감싸고
그리움으로 무장한 나에게
그녀에게 편지 한 통 왔다
우두둑하면서 울컥하는 가슴에 안겨주고
바람처럼 간다
낙엽은 설잠 깨어
못내 가을비 방문에 뒤적인다
먼저 잠 깬 이파리는 깡마른 얼굴로
손을 흔든다

얼마 남지 않은 생
그래도 찾아준 손님이라
반갑다고 웃는다
분주하게 아메리카노 한 잔 내놓고
젊은 날 그 푸름을 과시하던
아름다운 나날을 들려준다.

깨달음

몇 시간을 사슴을 업고
다녀서
팔이 아프다
,
,
,
그런데
,
,
,
아픈 이 팔이 계속 더 아팠으면
좋겠다.

2부_ **철없는 봄똥**

감기처럼 잠시 뜨거웠던 너
세월의 강 아래에
잔인한 4월의
생각들을 버린다.

'철없는 봄똥' 중에서

벽

민민한 가슴이 좋다
주삿바늘은 따갑고 아려도
시화로 멋지게 성형하고
마음은 이미 태평양을 건너고 있다.

6월

밤꽃 향 나 몰라 할 때
가슴으로 살아가는 등나무는 이야기한다
초당순두부집 30년 정통의 맛
그 무엇이 대수겠느냐

그리운 이 여기에 불러놓고
머리가 빙빙 돌아도 좋고
다리가 풀어져도 좋다
가슴으로 이야기할 임들이 있으니
그래 좋다
술 오르는 소리가 들린다

소년소녀처럼 망각의 강을 헤엄쳐 다닌다
사슴 같은 그녀를 업고
꽃신은 살며시 접어 고이 두고
숨바꼭질한다

비틀거리며 다가오는 새벽은
비명을 지른다.

장맛비 · 1

내 삶의 반 토막들이

마
구
마
구

떨
어
진
다

장맛비 · 2

현관문을 열면 병아리 환청이 들린다, 시골에서 지금도 잘살고
있겠지.

퇴근

나
퇴근열차에서
빨간 내 육체를 본다
긴 의자에 매달린 동태 되어

·

·

·

그래도
실눈 뜨고
보는 세상은 아름답다
그리움으로 도배한 창으로
추억들이 마중 나온다

열차는
웅――― 하고
희망을 내려놓고
다음 목적지로 떠난다.

글길

대나무 같은 선생님 모습을 보니
벌써 봄날이 간다
왕성한 시어를 왕창 퍼주시는
여름이 가까워진다

나는

아이처럼 봄 속에서

진달래
철쭉
.
.
.

이름 모를 서양 꽃까지
엉기어
피는
꿈같은 이 시간이
아주 좋다.

밤이 되는 시간

오늘은 일요일
모두 잠든 이 밤
나와 동료는 출근한다
졸린 몸과 마음을 깨우기 위해
담배 한 대 물고
힘차게 기지개도 켜본다

담배 연기는
허공 속에 머물며
일요일이 휑하니 지나기를 바라는
주인의 마음을 헤아리는데
월요일을 밝히는 새벽은
저 멀리서 뒤뚱거리며
꼼짝도 않는다.

출근준비

분리수거를 하는 아침에
모두에게 빠른 손놀림을 하게 한다
밥맛도 모르고 마구 먹어댄다

헉헉
출근준비에
손뼉까지 치면서 합창을 한다
아이는 엄마를 보챈다
앞장선 마음은
뒤를 따르고
마중 나온 비에 한숨을 토한다

피난길에 오른
많은 차에게 포위당하고
6·25 전쟁처럼 적들은 마구 총을 쏘아 댄다
그래 투항하자
무수히 손을 흔들면 된다
그래도 용서는 없다

수없이 쏟아 내는
저 총알은 언제 떨어질까

이제는 미워서 또 손 흔든다.

약수터의 모습

하얗게 내린 눈 위로 첫발을 내딛는다
가슴 가득히 채워지는 뜨거운 심호흡
토해내는 입김 가득히 정상의 하늘이 다가온다

한발 두발 밟지 않은 신비의 속삭임
돌과 돌 사이를 주보 삼아 한걸음 가까이 다가간다
정다운 이곳의 경치 나의 꿈과 염원 가득히 배어 있는 곳
아무도 없는 약수터 구석구석을
나의 자취를 남겨두려고 흔들기 시작한다
싸리비가 흔들리고
손도 흔들리고 발도 흔들리고 허리까지도 흔들린다
아―아!
이제 조금은 나의 모습처럼 밝아져 있다

가슴 깊이 찬 공기를 마셔본다
어느덧 뜨거운 기온이 되어 토해져 오르는 입김은

담배 연기보다도 더한 그리움을 토해낸다

지난여름의 이글거리던 태양도
피로에 지쳐 버렸는지 창백한 모습으로
봉우리에 걸려 나를 맞이하고
쓰러지지 않으려고 안간힘을 쓰면서
회색빛 도시의 구석구석을 내려본다
도시는 깊은 밤을 맞이할 준비를 하고
여기저기 뭉게뭉게 피어오르는 수증기는
시골의 초가지붕의 굴뚝을 보는 듯하다
어둠은 조금씩 조금씩 대지를 삼켜버렸고
사물의 형체가 무서운 장승이 되어 다가오기에
물통을 들고 옷깃을 여미면서
한발 두발 하산한다.

약수터 가는 길

간밤에 내린 비에 멍이 들어
어루만져 줄 수 없다
너무도 비참한 모습으로 나에게 다가온 얼굴
무어라 위로할 수 없다
앙상해진 너의 얼굴에
며칠 전 만해도 물이 오르던 얼굴에
여드름투성이가 되어 있다
얼마나 쥐어짰으면 곰보투성이냐

얼마나 걸었을까
아픈 너의 얼굴을 피하면서
살금살금 걸었지만, 나의 마음이 아파진다
더 가면 예쁜 얼굴 볼 수 있을 것 같아
까치발을 하면서 오른다

너의 머리가 터져 피가 흐른다
얼굴을 타고 내려 귀 뒤로 숨어버린다
차마 눈 뜨고 바라볼 수 없을 정도로

심한 상처였다
어느 곳인가 살펴보고 치료할 수도 없다
양 사방팔방이 피투성이 몸이 되어 버렸다.

나의 품

나의 목소리에서 나를 바라볼 수 있어 좋았다
시간은 더욱더 깊어만 가고 이 밤도 점점 익어가는 시간입니다
당신을 위해 기도를 올립니다
너무도 많은 고생과 우리를 위한 삶에
저희는 당신을 너무도 존중하고 사랑합니다
나의 몸을 다해 당신을 위하겠습니다

새벽은 가까워져 가고
나의 눈가와 뇌리에선 당신의 잠든 모습이 아련합니다
너무도 깊이 생각하다 보면
슬퍼지기도 합니다
곧 다가올 생신에도 찾아뵐 수 없을 것도 같아
미안함보다는 꼭 갈 것이라는 마음이 앞섭니다.

바붕아

세상은 나를 바보라 한다
그래
나는 바보인가보다
왜
가을이 지나면
겨울을 기다리고
세상이 하얗게 변할 때면
차곡차곡
그리움이 눈처럼 쌓여
눈 덩어리처럼 세상이 커지면
내 사랑은 펑펑 소리 내면서 잠잔다
돌돌 거리며 숨어서 흐르는 시냇물처럼
지금 봄을 기다리는 나는 바보다.

선거

깨끗하게 손짓하는 목련
피다만 벚꽃도
아우성이다
봄
봄
봄
기호 1번
기호 2번
기호 3번
열심히 운동하는 이들

개나리도 한 표
쓸쓸히 미소 짓는
할머니 소나무에도 한 표

동심비

비 앞장서서
우우 거리며
애맨 그리움 부르는 소리
어둠은 스르르 창가에
다가서서 유년의 아지랑이 피우고
찹찹한 꽃띠 마음 소리 내며
아장이네

동심비 머리에 내리면
새싹처럼
꼬물꼬물 자라나네

뒷동산 허리에 누워
누렁이와 대화도 하고
산책하고
콧등으로 살랑이는 순이 생각에
지금도 나 그곳에 있네.

철없는 봄똥

철없는 봄처럼 지나치고 싶다
깔끔한 체 하던 햇살 차곡차곡
지워지는 언저리에 내리고
파리처럼 윙윙거리는 한심한 생각을 접는다
나의 희망은 몇 그램이나 될까
지친 머리가 주절주절 저린 시간을 꺼낸다
헹구고 싶다
깨끗하게 목욕하고 동침을 해야지
감기처럼 잠시 뜨거웠던 너
세월의 강 아래에
잔인한 4월의
생각들을 버린다.

행복한 나날

고운 얼굴에 주름 한 줄
상장일 거야
너에게 보여준 미소 대신
한줄기 비로 내려 준 상품
받아 안기에 벅차서
몸속으로 박았지
그 가뿐 세월의 뿌리를 박았지
미소진 야무진 입술로
꽃술이 넘쳤지
향기 푼 젊음을 선물했지.

힐하우스

_양수리에서

턱수염 갓 털고
남한강 한잔 마신
힐 하우스 낯빛에 단풍이
걷고 있다

흰 기둥 잡고
포즈 취한 네 무릎이
은행잎으로 침몰하는 몸짓에
낮 셔터 불빛 깜박이면

늦장 피운 장미
파편 한 조각
문
가을 밖으로 서성이고

양수리 호수 물결로 흐른
음악을
그녀의 검은 재킷은
지휘한다.

3부_ 그대! 날개를 보고 싶다

아름답게 그려놓은 하늘하늘
날리는 꽃잎이었어

·
·
·

'그대! 날개를 보고 싶다' 중에서

김대규 정원에 앉아

잠자리 한 마리 날아와 앉다
작은 문에서
삐악삐악 하던 노란 병아리가
어느 가을날 국화 되어
아주 큰 정문으로 들어간다
웅성거리는 정답들이 교정 나무에 걸린다
학교 가득 작은 가을을 태워 꿈을 세워라
가슴에서 해가 자라고
언제나
지금처럼 처음처럼
행복과 나눔의 새싹을 키워라.

고추잠자리 오수에 들다

외줄 전선에서 상견례를 마친
새빨간 고추잠자리들이
토담집 댓돌에 내려앉아 토실토실한 고추들과
아주 익숙한 모습으로 한낮 정사에 빠졌다

개봉되지 않은 19금 영화를
외진 시골집에서 나 홀로 보고 있다.

선물

주차장 가득 비 맞은 가을이 쌓였다
너에게
선물하고 싶다

비
사랑
그리고
가을 단풍 같은
마음을
너에게 주고 싶다.

부산행 열차

부산행 열차에 던져진 육체에 퍼져가는 음악의 속삭임
넉넉한 시간으로 발길 닿는 곳까지 간다
기형도 시인의 엄마 걱정도 만나고
좀처럼 떠나지 못하는 일상의 군상들을
아름다운 이 세상 소풍 끝나는 날로 떠나보낸다
겨울과 봄의 팽팽한 줄다리기 속에서
막걸리 한 사발로
햇살들은 동창회를 열었다
옆 좌석의 어깨너머로 지나간 시간의 단어들이 구른다
고속도로가 한가로이 나들이할 때
서글서글하던 일기는
낯선 이방인을 경계라도 하듯
잿빛 얼굴로 쭈빗쭈빗 다가선다
대구역
그리운 학창시절, 꿈꾸던 교정
그냥 지나치고 싶다.

무제

부르는 그곳에서
그대의 노래를 듣고
햇살과
산 그림자가 낚시에 걸려
매달리는 아름다운 곳
반짝이는 그리움에 하루를 입에 물고
개똥 같은 눈물 흘립니다
사과 빛 노을이
청솔가지에 걸린 쪽빛 해가
장미처럼 봉오리 맺을 때
그곳에서 산란을 마치고 돌아오고 싶다
미련한 삶도 풀어
메아리처럼 흘려보내고
유년의 동동이는 마음으로
사각이며
오르고 싶다.

버릇

술과 정사를 벌인 날이면
환각에 쌓여
언제부턴가 내 몸은
관양동 소공원에 있다
추억도
사랑도
친구도 없는 소공원에
내 발걸음은 왜,
목숨처럼 가는가.

당신을 보면

당신을 보고 있으면
추억 속 소녀와 만나고 있어요
대문 뒤에 숨어 술래잡기도 하고
해 저문 들녘
나의 꿈
너의 희망
타는 노을 속에 묻고
잘 익은 고구마가 되기를 기원했지요
푸른 솔잎에 파묻혀 있는 당신
어린 시절 당신을 찾아봅니다
세월은 나무뿌리를 통해 대를 이어가고
그리움에 하늘을 보는 사람일 뿐
우린 허무의 강에서
그리움은 홀씨가 되어
떠나기에 아주 좋은 계절입니다.
대망의 병술년 이여!

그대! 날개를 보고 싶다

그대는
인생에 쫓기고
삶의 무게에 눌린
해 질 녘
아름답게 그려놓은
하늘하늘
날리는 꽃잎이었어

아주 멀리 날아보려 해도
자꾸만
자꾸만
발버둥치는 어항 속
금붕어 같아,
그래서
난 슬퍼.

내가 그곳에

낯선 거리를 서성이다 보면
그대 생각나
한 송이 백합 같은 그대가
음산한 병원에 누워
가슴에 묻은
혈흔 같은 시간에 울 때
숨어있는 수많은 손 끼우고
저주보다 희망의 손
무럭무럭 자라나 희망을 잉태하고
광활한 대지에 싱싱한 보리 키울 수 있게
젊은 나의 손을 잡으세요
인생이란 시장에서
그리움을 끓이고
추억의 밥을 지어
다 같이 나누는 것
내 사랑의 나무가
다시 서는 날
우산 없이

머리로 숨 쉬며
비를 흠뻑 맞고 싶어요.

오후 그리고

금방 목욕하고 나온 햇살이
방안 가득히 바람에 날려 구른다
청소기를 들었다가
한참 재잘거리는 햇살을 보았다
가슴속 가득히 햇살로 채우고
흐르는 땀을 말리던 오후

이상한 날

청결한 마음으로 선생님을 만나러 가는 길
이슬비 마중에 새로 산 우산 들고
투명한 꽃잎 향 끌고 간다

정차한 버스 안에서 무서운 자연을 만났다
맑고 깨끗했던 얼굴이
쓰러진 전사처럼 독기 삭이는 모습
철모 위로 우박 덩이가 수없이 떨어졌다
하나
둘
이 갑작스러운 조우
문득 어머님 생각이 났다
어머님은 이 아우성을 어떻게 감내하셨을까?

2월

삼월 하늘에
얼룩진 이월 흔적이 먹장구름 되어 떠다닌다
하나
둘
힘들게 포박해 정성껏 세탁해 걸었다
어쩌지?
열면 열릴 듯 잠겨진 마음에
한 줄 희망이 생겨난다

태양이던 너
어제는 겨울나무처럼 떨고 있다
무엇이?
그렇게?
하늘에서 음악처럼 간들거리던
비명이 들려온다
술 취한 겨울나무
생의 파편이 주렁주렁 열렸다
한

동
안
떨어지는 그리움을 용서할 수 없다.

여울목

멀리서 달려든 부음은 메아리로 다가온다
야근하는 날 서둘러 친구들을 모아
아침을 깨웠다
차가운 바람을 밀어낸 여명은
망자(亡子)의 마음만큼 무거워 휘청거린다
친구는 나를 팔아 부고를 날렸다
선득 다가선 친구들과
한 품은 여자처럼
달려드는 바람을 동행하여 고향길에 오른다
군데군데 버짐처럼 피어나는
동장군의 묘비가 일행의 발목을 잡았다
고요한 슬픔은 바람 같은 추위에 멈추고
시간은 유년의 바람에게 자꾸만 지워져 간다
설익은 자세 어설픈 조문
위선으로 포장된 슬픔처럼 느껴진다
햇살은 동산 위에 앉아
반짝이며 우리를 처다본다
짧은 고향, 땅, 추억을 만나고 돌아오는 길
스쳐오는 그리움은 나의 꼬리를 잡는다.

첫 장

새 장을 펼치면
김이 모락모락 오르는 햇살 아래
새롭게 땅을 박차고 일어서며
눈 비비는 새싹처럼
신비한 눈으로
마음을 연다

아침 이슬 입에 문 꽃잎처럼
몸단장하고
새벽의 동행자 된다.

겨울 그리고 비

아침의 여명과 함께 부슬부슬
겨울비가 나의 품속으로 뛰어든다
생각도 하지 않은 너와의 만남이라
당황도 해보지만
결코 미워할 수 없는 너에게
하늘을 쳐다보면서 인사를 한다

퇴색되어 가는 시간 속에서
한 방울 또 한 방울
생명의 혼을 불어넣고
온 누리를 적시는 그들과 함께
나의 마음도 그들의 사이에서
이렇게 처량해져 있다

고개 숙인 한 쌍의 연인이
이 겨울을 노래하며 지날 때면
발아래에서 아우성치는
너희의 메아리가 들려온다.

고민 버리기

새벽부터 눈이 내린다
세상의 고민을 하얗게 덮어 버리면
떨어지는 눈송이 속에 고뇌를 밀어 버리면
눈송이 크기만큼의 욕심을 버리면
오후 되면 눈 쌓인 아름다움만큼
나의 고민도 사라질까
정겨운 낮술에 스르르 녹아 버리면
숨었던 나의 고민도 수증기처럼 날아갈까
처마 끝에 매달린 고드름처럼
고민은 그리움으로 열매 맺어
아름다운 눈꽃으로 피어나겠지.

숨겨둔 사랑 · 1

멀리 선 수평선을 바라보며
기다림과 그리움 사이에서
철썩철썩 따귀를 맞고 있다
정신 차려야지
파도에 몇 대 얻어맞아야 정신 차리다니

소리 내며 떠들어도
속삭이는 소리로 허공에서
부서져 하얀 물거품이 된다
물 빠지면 갯벌에 그려놓은 그리움
물 들어올 때까지 숨겨 놓고
갯벌에 맹세한 마음
가슴속에서 새싹 되어 자라고
타는 저녁노을 속으로 달리던 유년의 꿈
바다에 올 때마다 새록새록 피어나고
잔잔해진 마음보다
타는 그리움이
태양처럼 이글거려
숨겨둔 사랑도 석양 속에서 조금씩 고개 들겠지.

숨겨둔 사랑 · 2

오늘은 큰맘 먹고 카페 문을 두드린다

신비한 보석들이 나를 맞이한다

금은 다이아몬드

내 좁은 소견으로 식별이 어렵다

조금 더 연구해서

나에게 알맞은 보석을 찾아야겠다

봄은 자꾸만 나를 부른다

좀처럼 너에게 가지 못하는 내 마음 알아줄까

아마도 몰라 줄 거야

넌 새침데기

그리움으로 시작되는 하루

주위는 시샘으로 칼날 갈아놓고

위협한다

나의 문을 열고 너를 기다린다.

6월의 손님

또 부추긴다
이놈의 비가
6월의 대죽 같은
이 푸르고 깊은 유혹을
어찌할 거냐 ?

4월의 노랑향기와
5월의 빨간 포옹을
이제야 겨우 잊을까 하는데
비가, 장대 같은 비가
혁, 내 가슴의 푸른 선혈을
흐르게 한다

어쩔거나
이 억수 같은 부추김을
나 죽어 버리련다.

외출

회색 도시를 뒤로하고
마중 나온 비에 인사한다
도시를 빠져나가는 소리가 들린다
듬성듬성 버짐처럼
누런 가을이 두꺼비 되어
금방이라도 뛰어들 자세다
격월로 떠나는 휴식 같은 달콤한 시간
일상의 군상들을 떨쳐버리고 싶다
가을과 함께 찾아온 당신 고마워
일에 매달려
겨우내 윗목 신세를 지는
메주 같은 시간에
이런 아름다운 꽃이 피다니!
고맙고, 늘 곁에 있어 달라면
욕심 많다고 하겠지.

4부_ 당신의 모습

당신을 너무도 그리워합니다
이제야 당신을 볼 수가 있어서 초록색이 되었습니다

당신은 잠시 나를 찾아왔다가 떠나가지만
나는 당신을 오래오래 간직하고 기억합니다

'당신의 모습' 중에서

겨울 오후 그리고 그림자

해 빠진 오후
성큼성큼 걸어온 추위와
공을 놓고 한판 대결을 한다

아이들 오돌오돌 모여드는
분식점은 살찌고
떠나는 자리엔 성성한 수증기가
포장을 밀며
꼬마들 뒤를 따른다
오물! 오물!
오도독! 오도독!
소녀의 입가에
떡 꼬치와 케첩이 썰리고
기나긴 여행을 시작한다

잔잔히 운동장 구석에 앉아
꼬마들을 지켜보던 햇살
하나

둘

회색 아파트 사이의 어둠과 지루한 사투를 벌인다

햇살 떠난 운동장

씩씩하던 아이들 숨소리

겨울바람에 부딪혀 생명을 소멸당한다

이윽고

교정의 소나무 서걱거리며 손을 비빈다

옆집에 손 내밀어도

잡을 수 없어

기뻐도 슬퍼도 혼자 운다.

당신의 모습

당신을 너무도 그리워합니다
이제야 당신을 볼 수가 있어서 초록색이 되었습니다

해변의 모래가 익어가는 현장의 더위에서도
구슬땀 흘리며 만든 조그마한 텃밭에서도
관악산 중턱의 약수터에서도
목마르게 당신을 기다렸습니다

희뿌연 새벽공기 마시면서 약수터 가는 길에
옹기종기 고개 내민 씨앗들의 몸부림이 안쓰러워
약수통에 수돗물 한 통 받아
먼지 묻은 모습을
구석구석은 부시지 못했어도
서운함을 가시는 동안
그리던 당신이 조금씩 조금씩 나립니다

나의 몸 젖어드는 줄 모르고
당신을 마음껏 포옹하고 어루만집니다
이토록 당신을 기다리던 나의 마음을 알아주셔요

당신은 잠시 나를 찾아왔다가 떠나가지만
나는 당신을 오래오래 간직하고 기억합니다
정성으로 가득한 텃밭의
씨앗들의 아우성이 들립니다
내일이면 따사로운 햇살 아래
몸뚱이를 내밀고 인사하는 모습을 볼 수 있어서 좋습니다
이 모든 것이 당신이 주신 모습입니다.

아버님 생신

아버님 생신으로 시골로 향한다
그리움은 앞장서 달리고
고속도로 차들은 명절인양한다
아버님 어머님보다
먼저 마중 나온 어둠은
나를 마구 포옹한다
모깃소리가 타는 향긋한 저녁
아버님은 고단한 하루를 지고
풀벌레처럼 속삭이신다
허기진 곱창으로 알코올이 분해되고
유년의 시간이 오버랩된다
옆집 순이는 인천에서
파마를 하고 이웃집 창호는 IC를 팔고
건넛집 준명이는 고향으로 돌아와 농약을 뿌린다
그래도 나보단 건강하겠지
난 매일 어려운 공기를 마시고 스트레스의 마약을 먹고
비대해지는 육체는 조금씩 썩어간다
알아도 약은 없다
알콜리즘에 고향을 여기저기 요리하고

친구들을 볶아서 먹다 보니
아침이다
어제부터 오락가락하던 장맛비는 아침부터 소리 내어
기웃거린다
어머님 서성이는 비에 노발대발하신다
손 하나 얻어서
못다 한 포도 봉지 싸야 하는데
빗방울은
포도송이보다 더 크게 양철지붕을 때린다
어머님 걱정을 뒤로하고
형제는 비옷을 입고 하늘을 본다
대롱대롱 달린 포도송이는 자랑스럽게 웃고 있다
빗줄기는 가슴까지 타고 안정을 찾는다.

안 쓰던 근육들이 마구 흔들린다
억지로 붙잡아 숙련공이 되어 간다
싱싱하게 자태를 뽐내던 포도는 옷을 입고
몇 개월 뒤 성숙한 모습으로 인사드리겠다며 메시지를 보낸다
새로 산 때때옷 입으시고 마음껏 자랑하는 모습
그래 오늘이 너희 생일이다.

겨울 바다

한발 먼저 도착한
쌀쌀한 바람은
한 품은 노처녀 같은 바다와
새색시 수줍음으로 만난다

해협을 건너와선 비로소 부서지는 물거품들
입맞춤 세례에 자지러지는 백사장
둘은 서둘러 한낮의 정사를 펼친다

그 곁
반짝반짝 벌거벗은 수평선
설레는 마음 닮아 붉게 물든 햇살
바다를 건너는 길이 버겁다

숨죽인 모래톱 위
추억 한두 개쯤 묻어놓고 돌아서는데
자꾸만 불어나는 생의 파편
발가락 아래서 해죽해죽 꼬리를 친다.

가을

이 가을 울 예쁜 가을이 외로우면 나랑 같이 놀면 되지!

슬픈 가을날 · 1

보름달이 두둥실 떠 나이 자랑하던 날

고추밭 옆 아직 푸른 풀잎 속에는

누런 황금들이 자라고

한잎 두잎 타들어 가는 모습에서

보름달만 한 황금 한가위를 맞이합니다

갈대가 전하는 소리에도

들꽃이 애무하듯 사각거리는 속삭임에도

가을은 나를 잡지 못했습니다

쓰러진 황금 들녘에 서서

아픔은 바람 되어 흘러버리고

가냘픈 고향 모습은 언제나 시냇물 속에 잠겨있습니다

거북 등 같은 손으로

촛불 같은 나를 잡아주시던 당신의 모습

가슴은 담배 타듯이 타들어 갑니다

하얀 갈대는 내 마음 몰라라

백발만 무성히 춤춥니다.

슬픈 가을날 · 2

새벽!
하늘은 뜬눈으로 별을 바라봅니다
조용하고 웅장함 속에 하나 둘 쓰러집니다
별을 보는 가슴을 때리며
유리조각이 부서지듯
대지 위로 소리 내며 파고듭니다
노동을 업고
고독을 안고 쓰러진 그림자
탈곡기 벨트 찢어지는 꿈결에
맨발로 마당을 두드립니다
매상할 날이 낼 모랜데….
가슴을 울리며 스며듭니다
비에 젖어 질퍽거리는 꿈을
희망으로 포장했습니다
뜨락에 쭈그리고 앉아
한참을 방황합니다
담배 한 대 물면
가슴까지 타는 소리가 들립니다
무거운 해소 기침은 비를 타고 앉아
어둠 저만치에서 바라보고 있습니다.

산책

해는 하루를 밀어
서쪽으로 달리고
어제 달린 알코올이 지금도 내 몸속에서
수영을 한다
아파트 놀이터에는
참새보다 재미있는 소리가 들려오고
머리를 만지는 의심스러운 바람은
모공에 이는 낮은 떨림으로
가을을 일으켜 세운다
하나, 둘
가을의 전령들이 도착한다
찌르르 찌르르
가을 연주회는 시작되고
나의 허전함을 태운다
아침부터 놀던 해는 서쪽 돌산에서 놀다가
아파트 사이로 숨바꼭질 한다.

10월

머리보다 마음으로 그리워지는 10월
코스모스 단발머리하고
힐금힐금 웃어 주는
거리에 서면
지금도 팝콘처럼 터져 나오는 추억들이
가슴을 아립니다
숨죽은 나물 같은 어린 시절
고사리 같은 손을 잡고
논두렁을 달리던
농부의 아들 꿈이 자라고
회색빛 도시로
꿈을 찾아 떠나던 그 시절
메마른 사랑으로
가난을 이어가던 그 자유에
오늘은 내 맘을 준다.

입학식

개나리가 새록새록 잠드는 시간
언니, 오빠 앞에서 재롱을 떠는 노랑 병아리
안갯속에서 해님이 기지개를 켜고
때 이른 병아리들 방문에 반갑다

하나!
유나!
세나!
선생님 말씀을 파란 호수 같은 눈으로 빨아들인다
꽃 바람 한들한들 부는 교정에 서서
추억을 날린다
내 마음 삶의 무게를 어깨에서 내리고
주머니 속에 넣고 만져본다
초롱초롱한 모습에 일그러진 나의 모습
겨울바람처럼 교정을 빠져나간다.

3월의 봄

햇살 기우는 기슭에
전설이 숨죽여 있는 곳을 피해 겨울잠에서 깼다
담장 옆 차가운 바람 돌아나가는 곳에는
봉오리 맺은
개나리꽃 무리 있었네
밤이면 햇살 숨어버린 곳을 향해
머리를 들며
얼마나 임을 기다렸던가
그렇게 기다리던 임이 관악산 봉우리에 있다고?
배반!
견딜 수 없는 아픔으로 떠나가지만
세상에 잘못 태어난 내 잘못이리라!

4월

햇살이 살짝살짝 꼬집어 시간의 날개를 달았다

그제 만난 진달래는 핑크빛 추억
내 삶은 백목련처럼 자란다
봄볕 따라 달려가는 전령
발목 잡아 상중(喪中) 인사를 한다

그리움 몇 겹 벗겨
푹푹 삶아 건조대로 올려낸다
뽀송뽀송 새싹처럼 자라게
봄볕과
봄바람이 놀러 와
하나, 둘
가득 모여 잔치를 연다

잃어버린 봄을 찾아
텃밭 가득 어우러져 합창한다
추억이 살아서 일어선다

살살 익어가는 바람에게
미운 마음 보여준다.

함께 가는 길

안개가 허리를 감아
가고 싶은 곁에서 살아간다는 것은
알 수 없는 마음에 용이 자라고
불을 만들고
가득히 채워지는 그 용기가 새롭다

맑은 공기
깨끗한 사람
따뜻한 삶이 포효하는 곳
잠시 머물렀던 마음이 영원으로
함께 가는 삶의 나무

내 나무에
가득한 열매 맺을 수 있도록
너 찾아와 주렴
영혼으로 가는 길에
어깨를 맞대고
함께 웃는 나무로 크게, 크게 커보자.

고희古稀

울진 한수산 사택

버선 신고 꽃잎이 마중 나와 인사하네

일본이 가깝고

바다도 발아래에서 움직이네

꼬불꼬불 세월

희망을 보여 주는 삶

만개한 벚꽃만큼이나 세월을 지키신 어머님

한복 갈아입은 활짝 핀 개나리꽃

고개 숙여 진심으로 손님을 맞이하네

젊은 날의 멋진 선물보다

자식들의 농축된 삶의 화분 같은 선물에

담 너머 키 큰 소나무는 손뼉 치고

아직도 넘지 못한 파도는 흥겨워 춤추네

머리 위로 날리는

못다 한 효도는 가슴을 타고

울컥 밀려드네

도둑처럼 떠나버린 봄

빠른 도시 시간에 빼앗긴 꿈

머릿속에서 맴맴 거리던

몇 년의 세월을 다 털고 가네
부서지라 밀려드는 파도의 웃는 모습에서
초승달 같은 자유를 찾았네.

토요일

주간회의가 끝나면
자장면 먹으러 간다
생각만 해도 입 가득 군침이 돈다
자장면이 싫어도
먹어야 하는
최 주임은 마음은
아마 짬뽕만큼이나
끔찍히 뜨거울 게다
그래도
황 대리만 짬뽕이고 열외는 없다
오늘도 역시 주간회의
끝나고
자장면 집으로 향한다
오 주임은 아내 퇴원시키러 가고
김 부장은 구미 출장 중
현재원 10명이 이동한다

살랑이는 꽃샘추위는
지나치는 추억을 불러세운다

처음 혼자서 쓸쓸히 1년 정도를 씨름하면서
세상을 원망도 하고
혼자 미친놈처럼 웃어 보기도 하고
그랬다
지금 이 시간
나와 동행하여 같이
길을 떠나는 가족보다 더
호흡을 같이한 가족이기에
지금 이 시간도
꽃샘추위에 아랑곳하지 않고
봄 향기처럼 사뿐히 간다.

꽃샘추위

온기 사라진 사무실은
허기진 하루를 열고
기다림은 눈 덮인 깊은 산에
서성이는 노루 되어
폭설에 갇힌 무거운 하루가 열린다

살짝 고개 돌린 거울은 외면한다

햇살이 차곡차곡 쌓이면
차가운 책상의 낯선 인사도 정이 들고
수없이 지나가는 차들보다
앞선 황사 때문에
마음이 먼저 쓰러져 내린다
오랫동안 지켜온 자존심
꽃샘추위가 빼앗아 간다.

돈 · 1

어제 통장을 열람했다
가슴이 뛰었다
삶이 아름다웠다.

돈 · 2

행복은 짜장면 한 그릇으로도 충분히 해결되었다.

돈 · 3

한때는 너무 돈만 따라다닌다고, 가슴에 따귀를 맞은 적도 있
었다.

돈 · 4

나는 점점 배고파진다, 그래도
작은 꿈이지만 완성하려고 인내한다.

말

표준말 깨끗한 말 더러운 말 한국말 일본말
말 말 말 말 말 말
이런
오늘은 서러운 말까지
분쇄기에 넣어
깨끗이 부숴서
소문에도 흔들리지 않는
좋은 말, 필요한 말, 의로운 말, 유익한 말, 만
풀어주는 주머니를 만들고 싶다.

내 삶의 나무에

푸른 잎사귀로 너울너울 춤추고 있을 게요, 조금만 더 기다려
주세요.

해 설

시적 감성과 의인화 기법

_ 김용원의 시 세계

시적 감성과 의인화 기법

_ 김용원의 시 세계

김대규 시인

나는 김용원의 첫 시집 『내 삶의 나무』(2010) 에서 그의 시적 특징을 '노동, 희망, 시적 장치, 의 세 부문으로 나누어 해설한 바 있다. 처녀작이 대표작이라는 속설이 있는 것처럼, 대부분이 시인들은 초창기의 작품에 이미 그의 시적 특성들이 예고되어 있기 마련이다. 그런 뜻에서 김용원의 제2시집인 『그대! 날개를 보고 싶다』는 앞에서 말한 제1시집의 연장선상에 있다 하겠다.

특별한 연구목적이나 엄밀한 비평이 아닌 '해설'에 있어서는 대상 작품들을 세 차례 정도 통독을 하고 나면, 그 언급의 덕목들이 간추려진다. 『그대! 날개를 보고 싶다』의 원고를 통독하고 난 뒤에 내가 추스른 시적 특성들은 노동, 사실성, 유년의 추억, 계절의 서정성, 수사성 등 이다. 따라서 이 글은 위의 사항들에 대한 해설이 되겠다.

　먼저 노동의 시에 대한 언급부터 해야겠다. 그것은 김용
원 자신이 노동자였음과 지금은 노동자를 수급하는 업소
의 책임자로 있기 때문이다.

멀리서 달려든 부음은 메아리로 다가온다.
야근하는 날 서둘러 친구들을 모아
아침을 깨웠다
_「여울목」에서

오늘은 일요일
모두 잠든 이 밤
나와 동료는 출근한다
_「밤이 되는 시간」에서

터져만 가는 가슴을 안고
외쳐야 하는 우리 노동자의 나날이여
균등한 생활을 마련해 줄 수 있을 텐데….
시장의 물가 오름에 가슴 조여야 하는
똑같은 당신의 동포여
_「열망」에서

공장의 하루는 온통 매연과 소음으로 가득했어도
어둠만은 멈추지 않고

우리에게 다가온다
_「삶의 수레바퀴」에서

이른 아침이면
어제 면접 본 인원 채용으로
시노펙스 간다
모두 반갑게 인사하고
휴게실에 대기하던 신입사원들을 인솔한다
_「그 투정까지 사랑할 거야」에서

한 때는 '노동시'가 노동자들의 비애를 넘어 시대적 아
픔까지를 토로한 적이 있지만, 김용원의 노동은 아주 온
건하다. 매몰차지 못하고 다분히 인간적인 성격 탓이다.
그의 시의 정서를 주도하는 것이 서정성임도 마찬가지다.
 거짓을 모르고 매사에 진솔한 그의 성품은 그의 작품에
'사실성'을 부각시킨다.

밤이면 햇살 숨어버린 곳을 향해
머리를 들며
얼마나 임을 기다렸던가
그렇게 기다리던 임이 관악산 봉우리에 있다고?
_「3월의 봄」에서

※ 강조점은 필자. 이하동일

밤꽃 향 나 몰라 할 때
가슴으로 살아가는 등나무는 이야기 한다
초당순두부집 30년 전통의 맛
그 무엇이 대수겠느냐
_「6월」에서

술과 정사를 벌이는 날이면
환각에 싸여
언제부턴가 내 몸은
관양동 소공원에 있다
_「버릇」에서

옆집 순이는 인천에서
파마를 하고 이웃집 창호는 IC를 팔고
건넛집 춘명이는 고향으로 돌아와
농약을 뿌린다
_「아버님 생신」에서

　대체로 작품에 등장하는 지리적 고유명사들, 예컨데 산
이며 강이며 도시의 이름들은 체험의 현장성을 강조한다.
소월의 '영변의 약산' 과 같은 경우다.
　이 연장선상에서 뒤에 예시한 '순이·창호·준명' 이도 유
년의 추억의 실명제와 같은 정서적 사살성을 환기시켜 준

다. 「토요일」이라는 작품 속의 '최주임·황대리·오주임·
김부장' 도 시적 리얼리티를 더해 주는 요소다. 문제는 이
러한 고유명사들의 등장이 어떻게 시적 효율성을 제고시
켜 주느냐이겠는데, 이에 대한 세론은 생략하기로 하겠
다.

앞에서 넌지시 말했지만, 김용원의 시는 서정성이 주류
를 이룬다. 『그대! 날개를 보고 싶다』에는 유년의 추억,
그대, 그리고 자연이 서정의 축이 되고 있다.

뒷동산 허리에 누워
누렁이와 대화도 하고
산책하고
콧등으로 살랑이는 순이 생각에
지금 나, 그 곳에 있네.
_「동심비」에서

거리에 서면
지금도 팝콘처럼 터져나오는 추억들이
가슴을 아립니다
숨죽은 나물같은 어린 시절
_「10월」에서

갯벌에 맹세한 마음
가슴속에서 새싹 되어 자라고
타는 저녁노을 속으로 달리던 유년의 꿈
_「숨겨둔 사랑 · 1」에서

　유년은 누구에게나 추억의 산실이다. ‘팝콘처럼 터져 나
오는 추억’ 이라는 수사가 재미있다. 유년의 추억은 고향
과 어머니와 동무들이 삼위일체의 어울림으로 그리움을
배가시키고, 거기에는 반드시 ‘콧등으로 살랑이는 순이’
와 같은 소꼽친구로서의 이성이 등장하기 마련이다.
　그 ‘순이’ 가 성장한 것이 바로 ‘그대 · 당신’ 이다.

당신을 보고 있으면
추억 속 소녀와 만나고 있어요
(중략)
푸른 솔잎에 파묻혀 있는 당신
어린 시절 당신을 찾아 봅니다
_「당신을 보면」에서

낯선 거리를 서성이다 보면
그대 생각나
한 송이 백합같은 그대가
음산한 병상에 누워
_「내가 그곳에」에서

말없이 시간이 흐를 때
그대의 두 눈에 촉촉히 젖어드는 이슬에서
내 사랑을 배워요
_「무지개 사랑」에서

그대와 당신의 등장과 함께 '사랑'의 문제가 대두 된다. 우리는 대부분이 사랑의 원형으로서의 '추억 속의 소녀'를 가슴에 묻고 산다. 그러나 그 추억 속의 소녀는 현실화될 수 없는 속성을 지녔다. 그래서 슬프다.
"그대의 두 눈에 촉촉히 젖어드는 이슬에서/ 내 사랑을 배워요"라는 것은 슬픈 눈물의 사랑이다.

아주 멀리 날아보려 해도
자꾸만
자꾸만
발버둥치는 어항 속
금붕어 같아,
그래서
난 슬퍼.
_「그대! 날개를 보고 싶다」에서

위는 이 시집의 표제시의 절반이다. 어항 속에 갇힌 슬

픈 그대이기 때문에 '날개' 가 달리기를 염원해 보는 것이
다. '천사' 의 이미지도 언뜻 스치지만 그보다는 현실탈출
의 비상을 갈구하는 주제시다.
　이와 같은 슬픔의 정서가 투영된 것이 자연이다.
　김용원의 시편들에는 비와 가을과 바람과 낙엽이 무수히
등장한다.

가을비가 잠자는 사이에 스르르
낙엽소리처럼
엽서 한 통 보내고 왔다
_「마지막 생의 그리움 하나」에서

회색 도시를 뒤로 하고
마중 나온 비에 인사한다
_「외출」에서

퇴색되어 가는 시간 속에서
한 방울 또 한 방울
생명의 혼을 불어 넣고
온 누리를 적시는 그들과 함께
나의 마음도 그들의 사이에서
이렇게 처량해져 있다
_「겨울 그리고 비」에서

자연은 감성의 모태다. 우리는 자연 앞에 서면 유한한 존재의 서글픔에 사로잡히기도 한다. 그 비애의 상념을 대표하는 것이 '가을' 과 '비' 이다.

주차장 가득 비맞은 가을이 쌓였다
너에게
선물하고 싶다
비
사랑
그리고
가을 단풍같은
마음을
너에게 주고 싶다.
_「선물」에서

가을과 비와 사랑을 아우르는 감성의 시다. 대저 문학사에서 빛나는 시들은 자연을 노래하는 작품이다. 금방 떠오르는 '진달래 꽃', '국화 옆에서', '나그네' 등, 만 보아도 알 수 있다.

나는 이제 이 시집에서 가장 중요하다 싶은 수사적 기능인 '의인법' 에 대해 살펴보고자 한다.

가을이 여름 행세한다
서낭당 노송 치맛자락 펄럭이고
살금 살금
주워 입은 옷
_「허수아비 계절·1 」에서

고향으로 달리는 새벽부터
서성이던 비는
고향에까지
따라와서 반긴다
_「추석」에서

한 발 먼저 도착한
쌀쌀한 바람은
한 품은 노처녀같은 바다와
새색시 수줍음으로 만난다
_「겨울 바다」에서

허름한 외투
까칠까칠한 수염
노숙자처럼 몇 개월 목욕도 않고
젖은 입술에 립스틱 뜨문뜨문 바르고
손을 묶은 세월도 풀면

항아리 속
숙성의 삶이 기지개 켠다
_「김장김치」에서

　지금까지의 예시에서는 사실 시적 묘미를 느끼기 힘들
었다. 수사 기법의 도움을 받지 못했기 때문이다. 그러나
위의 예시들에서는 분위기부터가 다르다. 의인법에 의한
효과 때문이다. 이 시집의 어느 쪽을 펼치더라도, 우리는
이 의인법을 쉽게 볼 수 있다.
　김용원은 다분히 의인법의 시인이라 할 만하다.
　그 가운데서도 다음과 같은 시는 의인법의 대표시라 할
수 있겠다.

깨끗하게 손짓하는 목련
피다 만 벚꽃도
아우성이다.
봄
봄
봄
기호 1번
기호 2번
기호 3번

열심히 운동하는 이들

개나리도 한 표
쓸쓸히 미소 짓는
할머니 소나무에도 한 표
_「선거」에서

　특별한 해설이 필요한 것은 아니로되 봄에 꽃들이 앞다투어 피어나는 자연현상과 선거를 연계시킨 시상이 흥미롭다.
　당연한 얘기지만 예술작품에서는 그 대상이나 소재가 무엇이냐가 아니라, 그 대상과 소재를 어떻게 표현해 냈느냐가 논의의 핵심이 된다. 그런 관점에서 「힐하우스」와 같은 종련(終聯)처럼 시적묘미를 더하고 있는 것이다.

　나는 지금까지 김용원의 시적 결실들에 대해 논급했다. 김용원은 아직은 특정 시세계에 뿌리를 내리고 있지 않다. 환원하면 자유분방하다. 그런 가운데서 다음에 소개하는 작품은 지금까지 논의해 온 여러가지 사항들과의 관련성은 차지하고서라도 우수한 작품으로서의 자질을 가지고 있는 것이다.

　외줄 전선에서 상견례를 마친

새빨간 고추잠자리들이

토담집 댓돌에 내려 앉아 토실토실한 고추들과

아주 익숙한 모습으로 한낮 정사에 빠졌다.

개봉되지 않은 19금 영화를

외진 시골집에서 나 홀로 보고 있다
_「고추잠자리 오수에 들다」전문

자연감성이니 의인화의 기법이니를 떠나, 빨간 색감이
강조된 유화를 떠올리게 하는 그럴듯한 작품이다.
앞으로 김용원의 시가 나아갈 방향을 예시한 듯하다. 끊
임없는 정진이 표현의 묘미가 깃든 작품들을 보여주기를,
그리고 제3시집에서 그 기대가 충족되기를 바란다.

김용원 제2시집

그대! 날개를 보고 싶다

초판 인쇄 2013년 3월 14일
초판 발행 2013년 3월 21일

지은이   김 용 원
펴낸이   장 호 수
북디자인   김 은 숙
인쇄 · 제본 (주)금강인쇄
펴낸곳   도서출판 시인
          등록번호 제384-2010-000001호
          등록일자 2010년 1월 11일
          430-831 경기도 안양시 만안구 안양1동 668-27번지 B동 2층
          Tel 031-441-5558   Fax 031-444-1828
          E-mail : siin11@hanmail.net

ⓒ 김용원 2013 printed in Seoul, Korea
ISBN 978-89-965062-4-9